Philippe Garnier

Lob der Lauheit

Aus dem Französischen
übersetzt von Elisabeth Edl

liebeskind

Die Lauheit lähmt jeden Versuch des Lobes. Niemand will über sie sprechen, es sei denn, um sich über sie lustig zu machen. Auf halbem Wege seines Verlangens, seiner Begierden und seiner Überzeugungen stehen zu bleiben ist, darüber sind wir uns einig, wahrlich eine merkwürdige Art von Verworfenheit. Aber was ist die Lauheit, wenn nicht die Temperatur des Lebens selbst? Ein mittlerer Wert, zu dem alle Lebewesen unaufhörlich zurückkehren. Ein neutraler Punkt zwischen der Erhitzung bei Erregungszuständen und der Kälte des Todes. Vom Konformismus des Engagements umzingelt, äußert sich die Lauheit auf tausend kleine, skurrile, unpassende, von Natur aus belanglose Arten, die nur schwer wahrzunehmen sind. Dieses Brevier ist eine (unausgesprochen) tendenziöse Bestandsaufnahme der Gewohnheiten und Gedanken, die zum Wesen des Lauen gehören oder gehören sollten.

In seinen eigenen Möbeln leben

In seinen eigenen Möbeln leben: Man darf nicht nur seinen Sessel, seinen Schrank, seine Matratze lieben, man muss auch seine Lieblingswörter lieben, seine Sprachmarotten, seine gewohnten Fehler, seine Phobien, seine Ohnmacht.

Das 18. und das 19. Jahrhundert waren die großen Jahrhunderte des Mobiliars. Hier wurden die Möbelstücke vermehrt, indem man alle möglichen kleinen Bedürfnisse erfand: in einer bestimmten Haltung, bei einer bestimmten Gelegenheit liegen, sich in kleinen Etappen vom Bett erheben, Gäste empfangen, arbeiten, träumen, verdauen. Damenschreibtische, Lesetischchen, Frisierkommoden. Der Tag wurde aufgeteilt in kleine Zeiteinheiten, in kleine Gebrauchsgegenstände, in sich ständig vermehrende Wohnräume. Man hätte diese Entwicklung auch noch weiter treiben können. Aber die Zeit hat gefehlt.

Es hat viele Vorzüge, sich seinen Stundenplan von den Möbeln diktieren zu lassen, von den Schubladen, von einer Reihe kleiner Fächer, die gefüllt werden müssen. Das erlaubt uns, den Kreislauf eines Tages zu durchwandern, ohne dass einem schwindlig wird von den ewigen Fragen, die man sich selber stellt.

Wissen, wie man den Kühlschrank richtig einstellt. Den Urlaub organisiert. Die Hausaufgaben fertig macht und in eine Schublade räumt.

Lieber ein Harmonium als eine Orgel.
Lieber ein Heizkörper als loderndes Feuer.

Eine halb gefüllte Badewanne ist wahrscheinlich die einzige Wohnstatt, die diesen Namen wirklich verdient. Eine so radikale Alternative zum üblichen Leben erfordert jedoch Vorsicht in der Anwendung. Die Badewanne soll eine Art von geheimer Zuflucht sein, ähnlich jenen toten Sprachen für den liturgischen Gebrauch, die nur noch von wenigen Eingeweihten verwendet werden und die im Glanz ihrer Nutzlosigkeit erstrahlen.

Wer fähig ist zu großen Ehekrächen mit zertrümmertem Geschirr, umgeworfenen Möbeln, eingeschlagenen Fensterscheiben, hat oft auch eine Begabung für Wohnraumgestaltung im großen Stil. Andere dagegen sind weder fähig zu zerstören noch einzurichten: Sie leben zwischen irgendwelchen auf einer Tischecke abgelegten Dingen, nie reparierten Maschinen, zweifelhaften Töpfen und Gläsern. Es ist unmöglich, seine Wut an etwas auszulassen, was nie Gegenstand besonderer Sorgfalt war.

Zwischen der Stille der Natur und dem Krach der Maschinen gibt es noch einen Bereich, der unaufhörlich schrumpft: die Wohnungsgeräusche. Knarren, Klirren, leises Knirschen, Gluckern und Geflüster. Geräusche, die eine ständige Gegenwart verraten, ein häusliches Warten, das den großen Abenteuern, aber auch den großen Ängsten den Rücken zukehrt.

Plädoyer für die Maschinen

Wenn es heutzutage etwas gibt, was man schätzen sollte, dann sind es Bildschirme. Bildschirme in all ihren Formen: Fernseher, Computer, Kinoleinwand. Die blassblaue, milchige Farbe eines Computers ist ein Orientierungspunkt, ein Trostspender. Das kleine lebendige Treiben *after dark* wird man tolerieren, vorausgesetzt, es sorgt für keine Überraschungen und die Geräuschkulisse ist auf die leiseste Stufe gestellt.

Nicht zu vergessen, auch einfache Brillengläser erfüllen ihren Zweck. Man braucht nicht kurzsichtig zu sein, um welche zu tragen.

Bei den Maschinen entwickelt sich fortan alles zum möglichst Fließenden, Nicht-Trockenen, Nicht-Explosiven. Das gedämpfte Klappern einer Computertastatur ist dem überreizten Geknatter einer alten Schreibmaschine hundertmal vorzuziehen. Weniger Hindernisse und mehr Geschmeidigkeit.

Auch der Fortschritt bei Klingeln und anderen akustischen Signalen ist begrüßenswert. Der enervierende und manchmal beängstigende Glockenschlag wurde abgelöst von runderen und dumpferen, durch diffuse Schwingungen hervorgerufenen Klängen bei Telefonen und Computern. Ein paar unerwünschte Zeugen der Vergangenheit gibt es noch: Hupen, Sirenen. Und auch ein paar bedauerliche moderne Irrtümer wie die Diebstahlsicherungen bei Autos. Ihre Beseitigung ist nur mehr eine Frage von Jahren.

Da Computer von Natur aus nur leise Geräusche erzeugen, haben die Hersteller neue eingebaut, die Signalcharakter besitzen. Das künstliche Geräusch (ein zartes *Pling*) beim Starten ersetzt jenes andere, kaum wahrnehmbare, wenn die Zentraleinheit sich in Gang setzt.

Das Wäschewaschen in einer Maschine mit Bullauge und großer Trommel lässt einen beruhigenden Zauber entstehen: ein Schnurren, begleitet von kräftigen Stößen, die auch von einer Lokomotive oder einem Dampfschiff stammen könnten. Dieses Geräusch der Trommel hat etwas Bodenständiges, Unregelmäßiges, Holpriges an sich, der mächtige Zylinder im Kampf mit dem Gewicht der nassen Wäsche, deren ungleiche Masse an den Wänden klebt und plötzlich herabfällt. Die Maschine führt uns eine Strapaze vor, die hübsch anzusehen ist: Sie rackert sich ab wie ein Ackergaul. Wir hören ihr zu, während sie tapfer leidet. Wir erleben das Martyrium der Wäsche in ihrem Höllenfass. Spektakel. Trost.

Wenn man ein Elektrogerät einschaltet, einen Gemüsemixer, einen Kaffeeautomaten, einen Computer, fühlt man sich für eine Weile umsorgt und von einer sicheren Hand zu einem im Voraus bekannten Ziel geführt. Wir haben Vertrauen, das Verlangen nach dem, was die Maschine uns verschaffen kann, ist noch nicht völlig abgeklungen. Das ist ein Augenblick zerstreuten und glücklichen Wartens (und vor allem eine wunderschöne Form von Gleichgültigkeit).

Auge in Auge mit seiner vertrauten Maschine fühlt der Benutzer sich im Recht. Diesmal wird keine Auflehnung, kein Klassenkampf, kein aus den Tiefen emporgestiegenes Leidensgesicht dieses Gefühl vollkommener Legitimität, dieses uneingeschränkt gute Gewissen bedrohen.

Unsere Maschinen haben die Gesichtszüge des Menschentiers verloren. Da sie kein dumpfes Rütteln, kein Röcheln und keine Rußwolken mehr erzeugen, braucht man sie sich nicht mehr als Spartakus vorzustellen, der leidet und sich auflehnt.

Nichts ist befriedigender und banaler, als in ein Auto einzusteigen. Die leise geschlossene Tür, die Scheiben, die weichen Sitze. Der Sicherheitsgurt … Man findet Schutz und zugleich ein Ziel: zwei oft widersprüchliche Sehnsüchte auf wundersame Weise befriedigt. Vor allem, wenn es sich um einen Wagen mit Chauffeur handelt – Taxi oder Bus tun's auch – und man sein Ziel erst in letzter Minute festlegt. Dieses Glück kann sich tagtäglich wiederholen, sogar mehrmals täglich. Das ist keine Frage des Geldes.

Ganz gleich, mit welcher Geschwindigkeit man seinen Weg zurücklegt: Wesentlich ist nur, dass er einem vertraut ist. Dass man die Straßenecken wiedererkennt, die Biegungen, Häuser, Bäume oder Wohnblöcke. Fernes und Nahes verschwimmen ineinander. Gleichzeitig zu Hause und anderswo sein.

Wer nie vor einem Fotokopiergerät in Verzückung geraten ist, kennt den Sinn des Lebens im Kleinen nicht. Das weiße Licht, die serienmäßige Verdoppelung, der Abfall. Die Seiten, die man in Gedanken aneinanderfügt, die man kopiert, zusammenheftet und schließlich in den Papierkorb wirft.

Sein Auto parken und fünfzehn Minuten am Straßenrand weitergehen, an einem Winternachmittag die Heizung abschalten, das Geschirr mit der Hand abwaschen, das Gemüse mit dem Messer klein schneiden und mit einer Kurbelmühle pürieren: Man muss eine Weile auf eine Maschine verzichten können, und sei es auch nur, um das Verlangen nach ihr ein wenig aufzufrischen. Wundervolle Augenblicke, in denen man sich nackt fühlt, und so völlig ungebunden! Will man noch einen Schritt weiter gehen, empfehlen sich Survival-Kurse, Rucksackreisen in ferne Wildnisse. Man kehrt zurück mit einer gefestigten Liebe zu Komfort und Technologie, eine rare Kostbarkeit, Salz des Lebens, das sich mit der Rückkehr in den Alltag langsam erschöpft.

Krankenscheine

Medikamente lieben. Keinen Missbrauch mit ihnen treiben, sondern sich an die ärztlichen Verordnungen halten. In einem Röhrchen Aspirin (ein Wundermittel!) das Versprechen auf ein langes Leben sehen, in dem gottlob nichts passieren wird. Denken, dass man schon tot ist und trotzdem noch lebt: Auf diese Weise widersteht man der Krankheit oder der Angst vor der Krankheit.

Die Hypochondrie kann etwas Verrücktes, Besessenes haben. Sie kann aber auch etwas Sanftes sein, eine kleine Hintergrundmusik des Lebens. Sie wird begleitet von einem gewissen Gefühl der Sicherheit. Man sagt sich jedoch sofort, dass die Gewissheit, gesund zu sein, nicht genügt. Schlimmer noch: Man sagt sich, dass einem die Furcht vor der Krankheit kein besonderes Recht auf Gesundheit verleiht. Denn Hypochonder werden krank und sterben, wie alle anderen auch! Nein, im Grunde genommen – und die Betroffenen wissen das genau – schützt die Angst, krank zu sein, vor gar nichts, sie dient nur dazu, die Zeit auszufüllen, andere Ängste zu relativieren, die uns das Leben ebenfalls und sogar noch besser verpfuschen könnten. Man muss es verstehen, dieser Sorge vor vielen anderen sogenannten wesentlichen Dingen den Vorzug zu geben.

Einen Kranken fragen, welches Medikament er nimmt, ist eine Gewohnheit, die langsam ausstirbt. Man bekommt die Auskunft: »Tifaldon.« Darauf ist keine Antwort mehr möglich. Doch kann man immer noch vertrauensvolle Blicke wechseln, mit einem Schimmer glücklicher Inkompetenz.

Eine ausgestorbene Spezies, die leichten Neurastheniker (die meisten Exemplare sind in den Siebzigerjahren verschieden, die Überlebenden sind ehrwürdige Greise geworden, eine Eigenschaft, die die vorausgegangene auslöscht und widerruft). Menschen, die sagten: »Das sind meine Nerven!« Und von denen man sagte: »Es sind die Nerven!« Sie segelten durch die Tage – und lebten oft länger als alle anderen –, indem sie den Quellen von Angst und Unruhe auswichen, das heißt fast allem. Weder tot noch lebendig, doch immerhin mit einigen Freuden, die sie ans Leben fesselten: Kräutertees, Wärmflaschen, Plaids, Kartenpartien, Beruhigungsmittel (hin und wieder ein Schluck Bier, um besser zu schlafen). Ein Passierschein fürs ganze Leben, gültig für alle Territorien und alle Länder.

Eine halbe Grippe, ein Heizstrahler, niesen und sich schnäuzen. Ein glasiger Blick, das Gefühl, dass man das Recht hat, sich zu verkriechen, nicht länger draußen herumzulaufen, nichts zu wünschen und an die Vergangenheit zu denken, irgendwo im Zimmer zusammengerollt. Und wenn das zu unserem Unglück eines Tages materiell unmöglich oder politisch unkorrekt wäre? Man denkt an jene allgemeinen Rechtsgrundsätze, die nirgendwo festgeschrieben sind, aber dennoch den Sieg davontragen über Gesetze und Konstitutionen. Eine halbe Grippe, ein Taschentuch: eine Sache, die mit der Waffe in der Hand verteidigt werden muss.

Alles und jedes könnte als Droge dienen, wenn man es nur versuchen wollte. Einen Türknauf drehen, im Bett die Füße bewegen, eine Seite im Telefonbuch lesen, ein Kleidungsstück zerknautschen, das Innere einer Tasche beschnuppern, Kekse oder Orangen essen. Supersanfte Drogen, denen man sich gern ergeben würde. Heutzutage sehnen sich viele Leute nach dem edlen Fluch der Droge, ohne ihre zerstörerischen Kräfte in Kauf nehmen zu wollen. Jeder möchte, dass man ihn wenigstens zum Maniac erklärt. Um jedoch nach diesen allzu sanften Narkotika süchtig zu werden, müsste man mit eisernem Willen das völlige Fehlen von natürlicher Wirkung, von Versklavungsmacht kompensieren. Und das erweist sich schnell als unvereinbar mit der Vorliebe für Sanftes. Kurze Träumereien von narkotischer Abhängigkeit irren also von einem Gegenstand zum anderen, angelockt durch das Neue, die Unwahrscheinlichkeit einer solchen Unterwerfung, aber abgestoßen von der Anstrengung, die sie verlangen würde.

Der Löffel

Essen ist eines der großen Dinge des Lebens. Das hat nichts zu tun mit Bulimie, die viel zu sehr mit den großen Frustrationen unter einer Decke steckt und deren beklagenswerte Schwester Anorexie heißt.

Die Nahrung soll nicht dazu dienen, Träumereien auszulösen, sondern dazu, gegessen zu werden: Man kann exotischen Namen von Gerichten und übertrieben dekorierten Tellern nie genug misstrauen. Man muss immer auf der Hut sein vor Menschen, die versuchen, Esslust und ganz allgemein die Gier der Konsumenten zu wecken. Die Inszenierung in einem Luxusrestaurant ist gefährlich. Sich heimlich vollzustopfen ist doch viel angenehmer.

Was die standardisierten und geschmacklosen Lebensmittel betrifft, so sind sie entweder Indiz für eine Zivilisation, die sich zu schnell entwickelt und den Alltag vernachlässigt – Fast Food –, oder für eine kämpferische Rückkehr zur Einfachheit, zu einer ungeschminkten Natur, was gleichermaßen verdächtig ist.

Als Antidot gegen diese beiden Extremismen: familiäre Gewürze. Saure Gürkchen. Kaninchen in Senf, Huhn in Essig.

Die Lauen essen gerne lau.

Die unbewusste Arbeit des Kauens ist der Endpunkt eines ganzen Lebens.

Es ist so einfach, sich dem langsamen Wandern der Nahrung hinzugeben. Seine Mägen, seine Reservoirs, seine Ablasswannen, seine Entleerungsschleusen vermehren. Unermüdlich wiederkäuen, bis man nur mehr ein riesiges *Bremssystem* ist. Musikliebhaber, die vier Stunden mit der Partitur des *Parsifal* im Schoß vor ihrer Stereoanlage sitzen, kennen diese Art von Erfüllung. Die großen Leser, die großen Reisenden ebenfalls.

Wieder seinen Geschäften nachgehen, ein Essen wieder warm machen, wieder anknüpfen.

Die Lauen beißen nicht gern und werden nicht gern gebissen, unter welchem Vorwand auch immer, nicht einmal zum Spaß. Im Übrigen mögen sie Zähne nicht besonders. Am besten ist es, wenn man sie zum Essen gar nicht braucht. Weiche, klein gehackte, zart schmelzende Nahrungsmittel sind ihnen lieber. Sie verspeisen gern alles mit dem Löffel, sogar Fleisch.

Nicht weil man das Kauen hasst, will man zum Saugen zurückkehren, das ans hohe Alter oder an die frühe Kindheit denken lässt.

Ohne Messer und Gabel zu essen verurteilt uns nicht zum Fläschchen und noch weniger zur Infusion. Auf halbem Weg zwischen dem »herzhaft zubeißenden Leben« und den Ernährungsschläuchen gibt es eben den Löffel. Wenn man sich nur ein wenig bemüht, reicht er vollauf und erlaubt einem, alles hinunterzuschlucken.

Die Lauen lieben folglich die Mitte des Lebens, eine Zeit, die man mit dem Löffel genießt und die wie eine Art endloser Jugend erscheint. Nicht die romantische Jugend von einst, kurz, fiebrig und stürmisch. Sondern die heutige Jugend, ein Alter von unbestimmter Dauer, in dem man sich so früh wie möglich einrichtet. Es stimmt natürlich, dass auch dieses Alter wieder in zwei Abschnitte zerfällt: einen, in dem man auf das wahre Leben wartet, und einen anderen, in dem man ihm nachtrauert. Man kann sich vornehmen, die beiden zu vertauschen und die ersten Jahre dem Nachtrauern zu widmen, bevor man Abstand gewinnt und zu warten anfängt.

Trotz allem sind Zähne dazu da, benutzt zu werden. Eine Lösung: nagen, endlos lange. Der Knochen, an dem man nagt, kann im wörtlichen Sinn essbar sein, aber auch, und vor allem, eine Erinnerung, ein Gedanke. Er kann musikalisch sein, metaphysisch, religiös, politisch, erotisch.

Die Nagerei beginnt erst, wenn jedes genießbare Teilchen verschwunden ist. Dann ist sie etwas Souveränes, Endloses. Ein guter Knochen hält jahrelang, sogar das ganze Leben. Auf ihn zu stoßen ist ein Privileg. Vielleicht auch bloß eine Geistesverfassung.

Die Kindheit muss man hinter sich lassen. Aber nur, um besser zu ihr zurückkehren zu können. Man wird also seine Zeit damit verbringen, Scheinkinderwelten aufzubauen. Die Tim-und-Struppi-Manie, der Comic-Fetischismus oder die blinde Verehrung längst aus der Mode gekommener Schlagersänger sind des Erwachsenenalters würdige Unternehmen. Ein bisschen Fantasie genügt, und schon verlängert und wiederholt sich das Löffelalter.

Für eine unromantische Faulheit

Die Kaffeepause und vor allem das Mittagsschläfchen verkürzen die Gedanken und verlangsamen die Bewegungen. Sie reduzieren alles auf den gleichgültigen Lauf der Dinge. Sie sind nützliche Einübungen ins Desinteresse und besänftigen den Ehrgeiz, mäßigen die Ambitionen.

Umgekehrt können manche Pausen die Monotonie unterbrechen: Ohne die Arbeitsruhe am Sonntag oder Sabbat würde die endlose Abfolge der Wochen wahrscheinlich ein Schwindelgefühl der Eintönigkeit bewirken und das Erlöschen jeder Form von Verlangen.

Stumpfsinn kann schick und angesagt sein, wenn er auf den Missbrauch von Vibrationen und Reizmitteln zurückzuführen ist. Ein stierer Blick bedeutet dann, man lebt auf den Vorposten eines – intellektuellen, musikalischen, sexuellen, chemischen –

Abenteuers, das die gewöhnlichen Fähigkeiten übersteigt und das Nervensystem befriedigt. Diesem unterschwelligen Heroismus wird man die prosaische Trägheit desjenigen vorziehen, der schlichtweg allem *abgesagt* hat: Telefon, Computer usw. Das alles geht nur mit viel Schlaf oder, *faute de mieux*, Schlafersatz: Routine, sinnlose Rituale und andere hohle Parenthesen. Die Schläfrigkeit soll kein frei gewählter, sondern ein aufgezwungener, wie von einer fernen Bürokratie verhängter Zustand sein.

Manchmal scheint es, als wolle man uns gar nicht so sehr eine Arbeit ausführen lassen, sondern uns einfach nur müde machen. Das ist ein Glücksfall für uns und wahrscheinlich ein Irrtum jener, die uns beschäftigen und regieren. Ergreifen wir doch diese wunderbare Gelegenheit. Große Müdigkeit erwartet uns. Auf ihren endlosen Wegen, in ihren Landschaften, die einander zu gleichen scheinen, sich jedoch durch eine winzige Kleinigkeit verwandeln, werden wir unantastbare Reisende sein.

Leicht schlappmachen, ohne gleich zusammenzubrechen: eine Zuflucht des Menschseins, die man zumeist nicht eingestehen kann. Ein langer Bürotag reduziert sich oft auf das Szenario eines Miniaturkriegs – langsam im Ablauf, aber interessant zu beobachten – zwischen denen, die unauffällig schlappmachen, und denen, die um keinen Preis schlappmachen. Im Laufe der Stunden wechseln die meisten das Lager: Die am Vormittag verachteten Schlappmacher siegen über die Zähen und Dynamischen, die am späten Nachmittag meist nur noch ein kleines Häuflein sind. Während die Schlappmacher vom Vormittag nur vom gegnerischen Lager verachtet wurden, werden die Nicht-Schlappmacher des Abends wie Ungeheuer, wie Teufel gehasst und verabscheut. Gegenüber diesen Bastionen beruflicher Dynamik gärt der Hass der mehrheitlichen Schlappmacher im Verborgenen, innerlich, und kann auf keinen Fall offen zum Ausdruck kommen.

Manche Schlappmacher geben diesem Hass, dieser Jagdgier, die über ihre Kräfte gehen, nicht nach. Das sind die *chronischen Schlappmacher*, die, manchmal auf hohen, verantwortungsvollen Posten, nur eine einzige Sorge haben, ein einziges Ziel, auf das ihr kleines bisschen Energie ausgerichtet ist: ununterbrochene Tarnung.

Das Schauspiel in die Länge ziehen

Angesichts der täglichen Inszenierung des Extremen – in Zeitlupe gefilmte Planetenkollisionen, permanente Koitusse, in einer Stunde verdiente Milliarden, nackte Taucher unter dem Packeis, Violinisten unter den Bomben, schwerer Autismus und seltene Psychosen, alles eingefangen in einen endlos vorüberziehenden Reigen – nimmt die durchschnittliche Banalität wieder ihr legitimes Aussehen an als *wahres Leben.*

Da sein, ohne den Rhythmus der inneren Uhr verändern zu können, ohne große Hoffnung, aus sich herauszukönnen, sich über die eigene Oberfläche zu erheben oder unter ihr hinabzutauchen, eines Tages seinen kleinen Lebenskreis zu erweitern. Und darin keinerlei Skandal mehr sehen.

Das Schauspiel der Sexualität erspart es uns, die Sexualität erleben zu müssen. Das Schauspiel des Todes erspart es uns, den Tod erleben zu müssen. Das Schauspiel von Ehrgeiz und Macht erspart es uns, ehrgeizig sein zu müssen ... und so weiter. Es genügt, sich mit verschiedenen, widersprüchlichen Bildern füttern zu lassen, die allen Epochen der Geschichte entliehen sind oder der Vorstellung, die man sich von ihnen macht, das ist nicht so wichtig. Und wenn im Leben unerwartet etwas Neues auftaucht, dann kann sich das Gedächtnis als nützlich erweisen und uns auf den rechten Weg des Déjà-vu zurückführen.

»Stinklangweilig, aber niemand traut sich das zu sagen«: Gelesen in den Gedanken während der dritten Stunde eines Wagner- oder Heavy-Metal-Konzerts, bei der fünfzigsten Seite eines preisgekrönten Buches, in der zweiten Ferienwoche, in der fünfzehnten Minute der Übertragung von den Krönungsfeierlichkeiten des neuen englischen Königs, am zweiten Tag eines Fortbildungsseminars für leitende Angestellte, im dreißigsten oder vierzigsten Jahr eines gewöhnlichen oder ungewöhnlichen Lebens.

Es ist freilich gut, dass niemand sich das zu sagen traut. Und dass jeder lernt: Das Tabu der

Stinklangweiligkeit ist unantastbar. Dieses Schutzgeländer erlaubt uns, die Unbeständigkeit der menschlichen Aufmerksamkeit im Zaum zu halten. Wenn sich nämlich niemand zu sagen traut, dass etwas stinklangweilig ist, dann lernt jeder, wie relativ das Interesse ist, das man irgendeiner Sache entgegenbringt. Man muss sich langweilen können, ohne etwas zu sagen, und am Schauspiel wieder Geschmack finden können, langsam, mit der Aussicht auf neues Abflauen, neues Aufflammen des Interesses.

Nichts begehren. Begehrt werden. Das Begehren des anderen, das angesichts von so viel Gleichgültigkeit ausbricht und immer heftiger wird, nicht herausgefordert haben. Das ist die Aufgabe, beinahe die Askese, an der niemand vorbeikommt, der seine Einschaltquoten halten will. Der Masse seiner Bewunderer, deren Zahl unaufhörlich wächst, hat der Fernsehstar nur mehr das Fehlen jeglichen Begehrens zu bieten. Das Geheimnis seiner Langlebigkeit liegt in der dauernden Vertiefung dieses Fehlens. Das ist keine Arbeit, denn es geht vor allem darum, sich im Nicht-Wollen zu halten. Ist es Ekstase, ist es Leiden, dann zerrinnt alles, und die verbitterten Fans zappen. Was sie brauchen, ist Scheinliebe, Scheinangst.

Heutzutage ein besonderer Platz für Könige ohne Krone (oder mit einer, die keine Macht mehr besitzt), vergessene Rockstars, vom Markt ruinierte kleine Berufe: All diese Wiedergänger sind willkommen. Sie werden ausdrücklich gebeten, sich in den Vordergrund zu drängen, man spricht alle Tage von ihnen, widmet ihnen lange Fernsehsendungen. Was könnte handlicher, dekorativer, ungefährlicher sein als diese Art von Mobiliar und Erinnerungsstück? Man kann sie endlos konsumieren, wie fettarme Chips oder koffeinfreie Coca-Cola.

Ein Zapper ist aktiv oder passiv. Er ist aktiv, wenn er alle verfügbaren Fernsehkanäle zu durchlaufen gedenkt, so wie ein Grundbesitzer sein Land abschreitet, wie ein anspruchsvoller Kunde im Obstregal eine Frucht nach der anderen betastet. Am Ende wird die feste Vorstellung, die er sich von seinem Vergnügen macht, an einem Bild, einem Thema hängen bleiben, es sei denn, sie bringt ihn dazu, des Haderns müde, das Gerät abzuschalten. Es gibt eine noch aktivere Abart des Zappers, die schon allein dem Gedanken an eine Befriedigung entschieden feindlich gegenübersteht: Er gleitet durch alle Kanäle, um sich selbst noch einmal den Beweis der Minderwertigkeit des Ganzen zu erbringen. Eine kleine Sitzung organisierter Telephobie vor dem Zapfenstreich.

Der passive Zapper lässt sich von einer Sendung zu einem Film, von einem Film zu einem Werbespot treiben. Eine kleine Abneigung, ein leichter Überdruss sind Anlass für sein Weiterwandern, sein Zurückschalten. Oder im Gegenteil, erste Anzeichen von Erregtheit, die ihn nach mehr verlangen lässt, eine kurze erotische Andeutung, die ihn verleitet, auf Spezialkanälen nach längeren Szenen zu suchen.

Ertragen, was man vor Augen hat, ohne die Möglichkeit, es verschwinden zu lassen (das heißt, ohne elektronische Fernbedienung), ist eine Kunst, die man besser nicht allzu schnell vergisst.

Lau bleiben heißt nicht, dass man nie lacht. Hinter der Ernsthaftigkeit brodelt nämlich zu viel Begierde, Hass, hysterische Verehrung.

Dennoch muss man dem Lachen, dieser anfallartigen und verstörenden Ausdrucksweise, misstrauen. Man nimmt es hin, wenn es nur dazu dient, eine gewisse Distanz zur Welt zu wahren, die Angst in Schach zu halten …

»Man muss sich vergnügen, aber nicht allzu sehr«, sagte der heilige Franz von Sales.

Es ist etwas Gutes, zu wissen, dass man in seinem Leben den Gipfel der Langeweile bereits hinter sich hat. Das ist eine Gewissheit, die nicht jedem gegeben ist. Sie erlaubt uns, gegenwärtige oder zukünftige Langeweile als unvollkommene und harmlose Repliken der ersten, der großen Langeweile zu betrachten. Aber vielleicht hat auch nur die Energie der Ungeduld nachgelassen. Die große Langeweile ist ein Drama, und man fühlt sich nicht mehr stark genug, es noch einmal zu spielen. Es gibt eine gewaltige Fähigkeit, sich zu langweilen, die, wenn sie einmal versiegt ist, nur durch das Wiederauflodern von Verlangen und Rausch des Neuen belebt werden könnte.

Die Idee der Wiederverwertung – von Abfällen, Arbeitnehmern, Kunstwerken – muss unermüdlich gefördert werden. Sie verbindet die kleinen Abenteuer des Lebens harmonisch miteinander und gewährleistet Immobilismus auf lange Sicht.

Der Spaziergänger

Es gibt nur eine Möglichkeit, dem Überfluss an Gegenständen, Bildern und Zeichen heil zu entkommen: der Spaziergang. Ohne ihn sind Ekel und das Verlangen, reinen Tisch zu machen, unvermeidlich. Ja, einzig und allein der Spaziergänger wird damit fertig, er, der im ständigen Wechsel zu leben versteht, unversehens vom ganz Fernen zum ganz Nahen schweift, neugierig seine Nase vorstreckt und zurückzieht. Er, der ziellos wandert, ohne besondere Erwartungen. Sein Verlangen ist niemals von Dauer. Er kann weder vollkommen zufrieden noch wirklich enttäuscht sein. Uneingeschränkte Nachsicht erlaubt ihm, dem Schauspiel von der geballten, permanenten Offensive der Werbung zu entkommen.

Es gibt keinen richtigen Spaziergang ohne Supermarktmusik. In ihrer historischen Erscheinungsform ist die wahre, die authentische Supermarktmusik jedoch im Verschwinden begriffen. Rein melodisch, fast ohne Rhythmus, abgesehen von dem des Xylofons, ohne Rückgrat und ohne Bässe, hört man sie nur mehr in wenigen Einkaufszentren der Provinz (und manchmal ganz unverhofft in gewissen Pariser Kaufhäusern), wo sie uns weiterhin das unvergleichliche Gefühl verschafft, die Zeit sei aufgehoben. Ein klingender Wattebausch, nur selten unterbrochen von Werbedurchsagen, in dem jeder dahinschwebt mit dem Eindruck, fürsorglich behütet zu sein. In dem man sich auch auf kaum wahrnehmbare Weise fehl am Platz fühlt, »nicht auf der richtigen Wellenlänge«, aber nur um ein Haar, während man den Einkaufswagen in einem Zustand äußerst schwacher Aufnahmefähigkeit vor sich herschiebt und dennoch langsam von dem unbestimmten Gefühl beschlichen wird, dass man eine Pose einnimmt.

Heutzutage dominiert in Supermärkten oder Bistros das Radio. Sein Territorium ist viel weitläufiger und undifferenzierter, es weiß nichts von einer Grenze zwischen privatem Wohnbereich und belebtem Ort, es breitet sich überallhin aus, ohne Rücksicht auf Stimmung, Mikroklima, Lokalkolorit.

In einem Supermarkt behält das Radio allerdings seine Fremdartigkeit: Man erkennt berühmte, oft nostalgische Hits, aber aus der Ferne, als wäre man anderswo, als handelte es sich um eine Sendung aus der Außenwelt. Dann spitzt man ein wenig die Ohren, ohne jedoch stehen zu bleiben. Das Lied von Rihanna ist *total bekannt*, aber es wirkt eine Spur anders, wie ein falscher Zwilling, ein beängstigend ähnlicher *Alien*, eine Fälschung, die unter einem beruhigenden Schein – was eigentlich? – verbergen soll. Und man fährt an die Kasse mit dem Gefühl, ein falscher Adressat gewesen zu sein, vielleicht auch ein falscher Käufer.

Auch wenn dem so ist, werden die meisten von uns mit dem sicheren Gefühl, dass dort alles an seinem Platz ist, wieder in den Supermarkt gehen. Die Berieselungsmusik, *easy listening*, spielt ihre Rolle vortrefflich. Sie hat nichts Bedrohliches an sich, sie bringt uns auf andere Gedanken, ohne das Gehirn vollzupfropfen. Die ausgestellten Produkte, die Warenkörbe, die Beleuchtung allein würden nicht genügen, um eine Atmosphäre zu schaffen. Die Musik hilft, den Rhythmus zu finden. Vollkommene Stille würde letztendlich doch

Ängste auslösen, das Einkaufen und Fortgehen beschleunigen.

Immer noch die alte Supermarktmusik: Dieses musikalische Genre gehört eigentlich in die große Zeit des Teppichbodens, in die Zeit der Teppichbodeneuphorie, als dieser Bodenbelag noch magische Eigenschaften besaß, als die Fußsohlen noch *staunen* konnten über solche Hingabe. Eine Weichheit, bei der man den Boden unter den Füßen verlor wie auf einem Moosteppich im Wald. (Und kurz davor reichte schon bloße Verbandwatte, um dieses Schwachwerden, diese leicht gefährliche Sanftheit im Körper hervorzurufen, und noch länger davor war es der Samt, und noch länger davor die Matratze aus Federn – aber diese Vergleiche gehen zu weit.)

Wenn uns die Fernsehnachrichten auch mit sensationellen Bildern füttern, die sich dauernd gegenseitig aufheben, so bewahrt die Lektüre der Morgenpresse »nach altem Rezept« das Gefühl von der Monotonie der Welt.

Nonstop-Nachrichten im Radio: Im Fünfzehnminutenrhythmus folgt eine Sendung auf die andere. Wenn man die erste am Morgen verpasst hat, erwischt man im besten Fall die zweite oder dritte, die, obwohl es sich für den Zuhörer um neue Nachrichten handelt, bereits nach Bestätigung schmecken. Später am Tag hört man die sechste, zwölfte, zwanzigste Ausstrahlung. Nicht die kleinste Veränderung. Man lernt, Freude an dieser endlosen Bestätigung zu finden. Man erweitert seine Aufnahmefähigkeit für völlig Gleiches.

Letzte Refrains

Man darf nicht sagen: »Weh dem, durch welchen Ärgernis kommt«, sondern: »Weh dem, der von Ärgernis spricht«. Es gibt kein Ärgernis, es gibt nur schlecht vorbereitete Menschen, oder solche, die nicht verstehen wollen, oder auch solche, die gern Krach schlagen.

Man sollte seine Zeit nicht damit verbringen, unaufhörlich zu wiederholen, das Leben sei es nicht wert, gelebt zu werden, sonst kommt es zu einem verhängnisvollen Heißlaufen - Wahnsinn, Selbstmord oder Mord.

Das Leben nicht lieben, gut, aber in einem ständigen Hin und Her zu vergessen suchen, dass man es nicht liebt.

In der Leere leben, ja, aber indem man einwilligt, ihr scheinbar zu entfliehen.

Und die Lüge als notwendig erachten, denn immer und ewig Authentizität predigen deutet auf Unverstand oder Manipulation.

Harte Prüfungen ertragen zu müssen ist abscheulich. Leiden und Mühsal haben nichts Bereicherndes, im Gegenteil. Man muss sich gegen die Idee verwahren, dass sie einen stärken, festigen wie in Tolstois Romanen, wo der Held aus dem Kampf verwandelt hervorgeht. Im Übrigen haben die Gräuel des 20. Jahrhunderts mit diesem ganzen Quatsch Schluss gemacht. Man darf nicht sagen: »Was mich nicht umbringt, macht mich stärker«, sondern: »Was mich nicht umbringt, bringt mich trotzdem um.« Das Leiden ist vollkommen sinnlos, keine zukünftige Entschädigung rechtfertigt, dass man es als Bestandteil einer Art von Initiationshindernislauf betrachtet. Es führt zu nichts, höchstens zu dem Bedauern, geboren zu sein. Man muss ihm also mit allen Mitteln ausweichen, es sei denn, diese Mittel selbst werden allzu belastend. Alles eine Sache der Dosierung und Steuerung.

Die Rührung bedroht uns. Lernen, die eigene im Zaum zu halten, ist eine Sache, man muss aber auch vor der Rührung der anderen auf der Hut sein. Ein Leiden spüren, das mit unserem eigenen konkurriert, kann nur zu schmerzlichen Entscheidungen führen. Empathie macht ein Leben wenig beneidenswert.

Die Lauen empfinden gern ein wenig Verachtung für alles, was sie umgibt. Aber echte Misanthropie ist ihnen fremd. Die müsste nämlich einer bitteren Enttäuschung oder einer großen nicht erfüllten Hoffnung entspringen, und so etwas liegt nicht in ihrer Art.

Da heutzutage das Menschenleben einen unendlich hohen Preis hat, gibt es nichts mehr, wofür es sich lohnen würde, ihm ein Ende zu setzen. Ganz im Gegenteil, alles will, dass auch die letzten noch lauernden Gefahren verfolgt werden, die kleinste Bedrohung ausgerottet wird, die noch über ihm schwebt. Das Endziel ist eine flaue Abwicklung der Existenz, vorausgesetzt, man beseitigt auch die allerletzte Gefahr, das Erlöschen des Lebenswillens.

Man ist nie völlig und sein ganzes Leben hindurch lau. Es hat keinen Sinn, dergleichen zu versuchen.

Im Übrigen bemüht man sich nicht, lau zu sein, man ist es, im gegenwärtigen Augenblick, oder man ist es nicht.

Die Angst ist das Leiden schlechthin. Es ist unmenschlich, seinen Spott mit ihr zu treiben, selbst wenn sie völlig unbegründet erscheint. Man wird Situationen aus dem Weg gehen, in denen Panik und Anfälle von Mut einander abzuwechseln drohen. Wer sagt: »Nur keine Angst«, erweckt immer den Eindruck, uns in irgendein grauenhaftes Abenteuer hineinziehen zu wollen.

Man wird sich Mühe geben, Konformist und zugleich wenig beeinflussbar zu sein. Jeder verfügt ungefähr über dieselben, sehr schwachen Chancen, zur Wahrheit vorzudringen. Niemand hat eine Lösung. Kein Grund, irgendwem wirklich zu vertrauen. Kein Grund, irgendwem zu folgen. Um diesen Preis wird es weder Kreuzzüge noch Generalmobilmachungen geben, weder Volkserhebungen noch Massenbekehrungen. Auch viele Herrlichkeiten werden nicht das Licht der Welt erblicken. Aber so ist es nun mal: Die Lauheit ist ein anderes Leben.

Niemals überrascht sein: politisches, ästhetisches, ethisches Programm.

Die Lauheit ist eine Gesundheit. Sie ist der Welt, die sie umgibt, angepasst. Faulheit, Passivität, Depression, Ekel, Feigheit, Misanthropie, Melancholie, Willenlosigkeit, Unfähigkeit, sich zu konzentrieren, sind Laster oder Krankheiten. Die Lauheit ist ihnen nicht fremd, sie kann die Form des einen oder anderen annehmen. Aber sie verschmilzt nicht mit ihnen. In erster Linie, weil sie über sie hinausgeht und sie verrückt. Sie verleiht ihnen eine andere Bedeutung, einen anderen Sinn. Die Lauheit hat keine verbindlichen Merkmale. Sie infiziert, was sie will. Zum Beispiel kann die Neigung zur Langsamkeit Ausdruck wirklicher Lauheit sein oder auch nicht.

Im Unterschied zum Depressiven findet der Laue Vergnügen an monotonen und angeblich öden Tätigkeiten wie: ohne große Eile ein vierhundert Seiten dickes Buch fotokopieren, bei schwachem Wind eine Stunde auf einer Schaukel zubringen, einen Pingpongball auf dem Boden hüpfen lassen, nicht ordentlich furzen, sondern in kleinen Portionen.

Es kommt oft vor, dass er sich wünscht, sehr alt zu sein, um sein Leben hinter sich zu haben, oder lange Jahre im Gefängnis zu verbringen – lebenslänglich, warum nicht? – mit Einzelzelle, Bibliothek und Fenster zum Hof.

Es gefällt ihm, denselben Text mehrmals zu lesen, endlos dasselbe Lied zu singen, sein Leben lang denselben Spaziergang zu machen. Diese Situationen zeugen nicht von Verfall, von Verdammnis … lauter Begriffe, die den Geisteszustand des Depressiven charakterisieren, der Geisteshaltung des Lauen jedoch fremd sind. Im Gegenteil, er betrachtet sie ausnahmslos als Erlösungen. Er genießt sie als reine Gegenwart.

Man muss den Refrain zu schätzen wissen, sowohl in der Musik wie auch in anderen Künsten und vor allem im Gefühlsleben. Der wahre Laue ist daran zu erkennen, dass der Refrain oder das Ritornell keinerlei Überdruss bei ihm hervorrufen. Mehr noch, eine in gleichmäßigen Intervallen wiederholte Bewegungsabfolge verschafft ihm die einzige Befriedigung, die er kennt.

Haltung zeigen

Lamentieren ist eine Kunst. Endlose Jeremiaden wird man vermeiden, sie gelten als Ungeschliffenheit und könnten schnell Spott auf sich ziehen. Das Gejammer muss sich hinter unauffälligeren Allüren verbergen. Heimliches Wehklagen wird große Mengen objektiver Informationen verseuchen. Die Kunst des Lamentierens wird sich von ungeheurem Material ernähren. Sie wird der Kunst des Architekten oder sogar der des Städteplaners gleichen.

Das Anhäufen von Lügen führt am Ende zu einer Erschöpfung besonderer Art. Und doch handelt es sich nicht um Selbstbestrafung.

Man hat so viele verschiedene Versionen, so viele Möglichkeiten aufgetürmt, dass es zu etwas wie einem Konsistenzschwund der Wirklichkeit kommt, einem auszehrenden *Fading*. Die Linien werden verschwommener. Mit einer durch die Lüge ausgebleichten Wirklichkeit weiterzuleben erfordert gewisse Vorsichtsmaßnahmen; vor allem: keine falsche Bewegung!

Die Lauen gehen illegalen Handlungen aus dem Weg, sie liegen nicht in ihren Gewohnheiten. Weil sie schlicht und einfach unfähig wären, sie zu verdauen. Nichts bringt sie mehr aus dem Gleichgewicht als Schuldgefühle oder die Furcht, von der Justiz verfolgt zu werden. Dennoch kann man sich einen lauen Kriminellen vorstellen, vorausgesetzt, er ist seit seiner Jugend darin geübt und verspürt deshalb keine besondere Aufregung mehr.

Es versteht sich von selbst, dass auch übertrieben wohltätige Handlungen besser vermieden werden sollten. Sie stecken voll unvorhergesehener Dinge und bergen die Gefahr in sich, das Gegenteil zu bewirken.

»Das Bessere ist des Guten Feind« ist eine wichtige Lebensregel. Gelegentlich auch ein politisches Programm.

Anstatt zu zerstören, ist es besser, endlos zu zerstückeln.

Die Lauen sind mitunter feige, aber nicht mehr oder weniger als die meisten Leute. Da sie großen Verantwortungen und gefährlichen Verpflichtungen aus dem Weg gehen, gehen sie auch den großen Feigheiten aus dem Weg. Im Übrigen sind sie der Ansicht, dass wichtige Probleme Quatsch sind und hohe Verantwortungen nichts anderes als simple, aber zu weit getriebene Zerstreuungen, vergleichbar einer Maschine, die durchdreht.

Der vollkommene Laue ist der, der die feste Überzeugung besitzt, dass die Wirklichkeit, das Sein, wenn man so will, in seinem Lager ist. Er weiß, dass alles, was ihn stört, von den Fehlern und dem sinnlosen Treiben der Menschen herrührt. Mit diesem Heidenspektakel leben zu müssen ist das Los eines jeden von uns. Im Allgemeinen nicht mehr als ein unangenehmer Augenblick, durch den man eben durchmuss. Es genügt zu warten, auch wenn es ziemlich lange dauert.

Fluchten

Die Liebe zum Schlaf ist eine der wenigen Leidenschaften, denen man sich uneingeschränkt hingeben kann. Anstatt vierzehnstündige Nächte zu verbringen, was nur ein unangenehmer Vorgeschmack auf das Koma wäre, wird man lieber kleine, über den ganzen Tag verstreute Schläfchen halten. Auf diese Weise gegliedert, verliert der Tag etwas von seiner Tragik und sogar von seiner Wirklichkeit, was gar nicht so unangenehm ist. Man gelangt dadurch zu einer Art von schwebender Sorglosigkeit und manchmal sogar zu Glückseligkeit (vor allem an einem Reisetag, in verschiedenen Beförderungsmitteln: Wechseln Sie vom Zug ins Auto, vom Flugzeug in den Zug, jeweils von kleinen Schläfchen unterbrochen, und das Leben wird leicht, ätherisch, harmlos).

Biologisch gesehen, ist es unmöglich, endlos zu schlafen. Obwohl der Schlaf mit Abstand der ratsamste Zustand ist. Man muss ihn also kultivieren: beim Zubettgehen vor Müdigkeit verschmachten, sich vor dem Einschlafen ausstrecken, von den Wohltaten des Schlafes träumen, während man an die Decke blickt, und natürlich morgens im Bett herumtrödeln und so lange wie möglich das Vergnügen genießen, *ausgeruht* zu sein.

In seinem Bett einen Einfall haben, genau in dem Augenblick, wo man einzuschlafen versucht. Nicht aufstehen, um ihn niederzuschreiben, sondern ihn langsam verfliegen lassen mit der glücklichen Gewissheit, dass der Schlaf ihn auslöschen und man selbst aufwachen wird, ohne eine Erinnerung daran bewahrt zu haben.

Vor dem Einschlafen nicht vergessen nachzuprüfen, ob man wohl sein Scheckheft noch hat, und wenn man kein Scheckheft besitzt, nachprüfen, ob man wohl seine Ausweispapiere noch hat, und wenn man keine Ausweispapiere besitzt, nachprüfen, ob man wohl seine Uhr oder seine Füllfeder noch hat. Nachprüfen, ob man wohl sein Hemd noch hat, ob das Fenster geschlossen ist und alle fünf Zehen am Fuß sitzen. Und wenn das alles zur unerträglichen Obsession wird, drauf pfeifen und schlafen.

Verborgen bleiben

Behutsam die Oberfläche feststampfen, um die Spuren des gegrabenen Lochs zu verwischen. Damit sie wieder heil und glatt wird und niemand sich daran erinnert, dass hier ein Loch war, eine Tat, eine Freiheit, die wer weiß woher gekommen ist und wer weiß wohin führt.

Unauffälligkeit ist eine wichtige Sache im Leben. Sie steht in engem Zusammenhang mit der Angst, erkannt, getadelt, lächerlich gemacht zu werden. Diese Sache scheint in den großen Städten, wo alles möglich ist und wo keine Exzentrizität mehr die Blicke auf sich zieht, aus der Mode gekommen zu sein. Doch selbst wenn es niemandem mehr gelingt, auf sich aufmerksam zu machen, gibt es andere Gründe, weiter nach Unauffälligkeit in Kleidung, Worten, Benehmen zu trachten. Sie ist ein geheimes, inneres Theater, ein Selbstgespräch. Sie erlaubt uns, eine gewisse Angst am Leben zu erhalten.

Nichts ist hartnäckiger als Aberglaube. Wenn man sich seiner zu entledigen versucht, holt er einen an der nächsten Ecke wieder ein, bei irgendeiner unerfreulichen Begebenheit, einer etwas länger andauernden Angst. Sowohl der Student am Tag vor einer Prüfung wie auch der Angeklagte am Tag vor einem Gerichtstermin wird schwarzen Katzen und Leitern (oder anderen frei erfundenen Unglücksbringern) aus dem Weg gehen. Es ist also zwecklos, dagegen anzukämpfen. Und das ist ein Glück, denn das Verschwinden des Aberglaubens wäre ein großer Verlust. Glauben, ohne zu glauben, handeln und zugleich daran zweifeln, dass dieses Handeln auch nur die geringste Wirkung zeigen könnte, die ideale Dosierung zwischen Besorgnis und Gleichgültigkeit: Das ist es, was ebenfalls verschwinden würde.

Zum Glück entstehen neue Formen des Aberglaubens. Es genügt, etwas Rundes und etwas Viereckiges zu haben, eine grüne Farbe und eine rote Farbe, Warmes und Kaltes, Weiches und Hartes, kurz gesagt ein Binärsystem x-beliebiger Dinge, damit die abergläubische Wahl auftauchen kann. Und diese wurzelt natürlich in der unendlichen Kette vergessener Formen von Aberglaube.

Kollektive Euphorie kündigt eine Katastrophe an. Man wird also vermeiden, dabei mitzumachen. Vielleicht wird man sogar, wenn man sich abseits hält, sorgenschwer und griesgrämig auf kleine persönliche Probleme konzentriert bleibt, die besagte Katastrophe hinauszögern. Gerade das ist ein Aberglaube, den man sich erhalten sollte. Egozentriker sind wahrscheinlich notwendig für das Überleben der Welt, die ihnen dafür nicht sehr oft dankbar ist.

Der Wunsch, sein Inkognito zu wahren, hat fortan nicht mehr viel zu tun mit der Furcht, erkannt zu werden. Ein Spion, der das feindliche Lager durchquert, Liebende auf der Flucht, ein Philosoph in seinem geheizten Zimmer, der fern der Zensur Frieden sucht, ein Sultan aus Tausendundeiner Nacht, der durch die Straßen Bagdads schleicht: Das alles sind uralte Gründe, die Anonymität zu suchen.

Aber der Wunsch, inkognito zu bleiben, beherrscht heutzutage auch Menschen, die keinerlei

Aussicht haben, erkannt zu werden, die nichts Gefährliches und auch nichts Bewunderungswürdiges darstellen. Die Anonymität verschafft nämlich immer, selbst ohne Verfolgung oder Zensur, dieselbe Art von Erleichterung. Wenn man nicht erkannt wird, wiegt man doch ein bisschen weniger als vor seinem Spiegel.

Das Gedächtnis der anderen hält unser Bild nicht fest: Gibt es etwas Beruhigenderes? Der Passant auf dem Boulevard bietet dafür jede Gewähr: Unser Auftauchen in seinem Gehirn ist ein sofort wieder vernichteter Schnappschuss.

Das Doppelleben ist eine kindliche Gabe. Wenn es nur ein erkennbares Ziel gibt, schöpft es den Sinn unseres Handelns nicht aus. Ein Teil dieses Handelns kippt hinüber in ein Anderswo. Es würde zu lange dauern, wäre zu umständlich, wenn man sagen wollte wohin. Deine rechte Hand weiß nicht, was deine linke Hand tut.

Zum Glück lassen sich nicht alle täuschen. Es gibt sogar Leute, deren Aufgabe es ist, uns am Tragen einer Maske zu hindern. Sie wollen sich nichts vormachen lassen, werfen uns auf uns selbst zurück, reduzieren unsere sogenannten Doppel- oder

Dreifachleben auf eine Handvoll armseliger Tricks. Das sind die Schupos unseres tiefsten Inneren. Sie, die sich oft gerade aus Kindheitsfreunden rekrutieren, spüren unserer Unaufrichtigkeit nach und vereiteln unsere Flucht.

Die Angst hält uns am Leben. Wozu? Sinnlose Frage.

Nichts wagen, im ungestillten Verlangen verharren. Dann dieses Verlangen allmählich aus den Augen verlieren, zurückbleiben mit einem Mangel, der keinen Namen mehr hat. Wenn das Verlangen, das uns ein Leben lang beschäftigt hat, abhandenkommt, was hat dann seinen Platz eingenommen? Nichts. Doch es bleibt immer die Angst zurück, dass man bezahlen muss, sowohl für dieses unrechtmäßige Verlangen wie auch für die ausbleibende Befriedigung. Vergessen, wonach einen verlangte, Angst haben, bestraft zu werden für das, was man nicht erhalten hat: Damit ist man ein ganzes Leben lang beschäftigt.

Gute Nachbarschaft

In ihren Beziehungen zu anderen sind die Lauen gern kumpelhaft. Sie verteilen großzügig ihre Freundlichkeit. Sie entfalten sich in jenen liebenswürdigen kleinen Worten, die man jahrelang mit dem Hausmeister, dem Apotheker, den Wohnungs- oder Büronachbarn wechselt. Sie finden sich damit ab, Feinde zu haben, vorausgesetzt, die Feindschaft ist obskur, unverständlich und fern.

In Frankreich ist der Ausdruck »sympa« für sympathisch aus der Mode gekommen, obwohl er eine unersetzliche moralische und ästhetische Kategorie darstellt. Sympathisieren heißt, einen Menschen oder eine Sache – die vor allem unserer eigenen Beruhigung dienen – aus sicherem Abstand mit Wohlwollen betrachten. Nachbarn können »sympa« sein, auch kleine Gelage, Religionen, Tiere, historische Epochen und so weiter.

Das »Sympa« wird noch lange Zeit über die Welt des Tourismus herrschen. Es treibt die Angst vor der Ferne aus.

Ein Roman, eine Gebrauchsanweisung, eine Rede, eine Predigt dürfen niemanden links liegen lassen. Für jeden muss ein kleines Wort dabei sein, ein Augenzwinkern, um zu bedeuten, dass keiner sich ausgeschlossen fühlen soll. Vorsicht bei den verwendeten Ausdrücken: keiner ist allgemeingültig. Alles muss in einem gesellig-fröhlichen und solidarischen Geist ständig übersetzt, erklärt werden.

Noch allgemeiner gesagt, wenn Sie mit anderen oder mit sich selbst reden, vermeiden Sie komplizierte Wörter. Seien Sie verständlich.

In einer Diskussion oder einem Gespräch wird es schwierig, die Leute zu ein und derselben Meinung zu bringen: Sie sind es bereits. Man könnte diese Tatsache einfach zur Kenntnis nehmen und Schluss machen, aber das ginge etwas zu schnell. Deshalb muss man, ganz im Gegenteil, Schwierigkeiten vortäuschen. Der Form halber das Haar in der Suppe suchen. Die Protagonisten fragen, ob sie nicht die eine oder andere kleine Unstimmigkeit überhört haben. Und wenn sie sich an nichts erinnern, nicht lange fackeln und einen Streit vom Zaun brechen.

Ein Konsens sollte immerhin vorzeigbar sein. Man muss Mittel und Wege finden, ihn zu würzen. Den Schein wahren, so wie man Fleisch mit Schrotkörnern spickt, um glauben zu machen, es handle sich um eine Jagdbeute.

Plaudereien

Vertraulichkeiten sind besser als Geständnisse. Geständnisse sind einzigartig, erschütternd, unter Folter erpresst. Vertraulichkeiten sind harmlos. Sie können dasselbe Maß an Intimität und Tiefe erreichen, gut geschützte Geheimnisse verraten, nur dass sie nicht zwischen Tiefem und Oberflächlichem unterscheiden, dass sie alles miteinander vermischen: Sexualität, mystische Anwandlungen und Schokopralinen. Der Freund von Vertraulichkeiten jagt, vorausgesetzt, er hat ein Publikum, was nicht immer der Fall ist, dem Vergnügen der Enthüllung hinterher. Ein flüchtiges Vergnügen, denn Vertraulichkeiten versinken, sobald sie ausgesprochen sind, in ihre natürliche Banalität. Andauernde Bekenntnisse versuchen ständig, dem reinen Geschwätz zu entkommen (man wird endlich irgendetwas Wichtiges sagen!), nur um ihm dann wieder zu verfallen. Auf diese Weise kann man die Zeit endlos dehnen und sowohl reine Langeweile wie auch echte Befriedigung vermeiden.

Schöne Leben voller Geschwätz. Geschwätz am Anfang und am Ende von allem. Befreiung, Flucht aus der Zeit. Keine Sorge mehr um das »Jetzt«, auch keine Erinnerung mehr. Aber was gibt ihm Nahrung? Der Schwätzer ist blind. Er sieht nichts im Besonderen, hat kein deutlich begrenztes Denken mehr. Oder hat vielmehr nur noch deutlich begrenzte Gedanken, ohne Kontinuität. Er sammelt, häuft an, vergisst nach und nach. Nicht der Wunsch zu gefallen beseelt ihn, sondern der Wunsch, das Nichts zu füllen. In Gesellschaft geht es nämlich ums Füllen. Keine Leere, sondern Ausstopfen.

So ist das Geschwätz das einzig wahre Mittel, seine Zeit zu verlieren. Man ist weder mit sich selbst allein noch mit den anderen Menschen zusammen. Man nimmt Gegenstände, wirft sie weg, geht zu etwas anderem über. Sorgen, Liebschaften, Ambitionen lösen sich in Windeseile auf.

Das Ideale wäre, von all dem nur eine Geräuschkulisse, ein undeutliches Gemurmel zu bewahren.

Das Geschwätz sehr alter Leute ruft eine besondere Höflichkeit hervor – Kopfschütteln und verständnisvolles Lächeln –, die nun über ihr ursprüngliches Anwendungsgebiet hinausgehen und sich anderen Opfern zuwenden sollte.

Epilog

Wenn man allzu viel von der Lauheit spricht, wird man süchtig und erhält letztlich nur eine lange Reihe von austauschbaren Bildern und Maximen, einen schlechten Film, eine schlechte Endlosigkeit. Man wird es bei diesem Thema also wissentlich mit einer begrenzten, unvollständigen und frustrierenden Sicht bewenden lassen.

Die eigene Müdigkeit nicht ständig wiederkäuen, dem Zauber der Erschöpfung, ihrem unwiderstehlichen Bann aus dem Weg gehen. Eine ferne, vielleicht nicht sehr klare, aber hörbare Ordnung verlangt, dass wir uns auf eine konvenable Müdigkeit beschränken.

Bei Fernando Pessoa findet man eine Art von Litanei der Müdigkeit, eine Heerschau der Erschöpfung. So weit muss man nicht gehen: Es genügt, dass man einen kleinen Zipfel Müdigkeit, den man immer zur Verfügung hat, aus der Tasche zieht, ihn für eine Weile auseinanderfaltet, bevor man ihn wieder an seinen Platz steckt. Die Müdigkeit ist nicht immer eine Fahne, sie kann auch ein Fetzen sein.

Auf radikale Beweisführungen muss man verzichten können. Die bloße Gegenwart eines Zuhörers oder eines Lesers sollte genügen, um uns außer Atem zu bringen.

Die Angst vor dem Leben ist unüberwindbar und geheimnisvoll.

Die in dieser Ausgabe enthaltenen Textpassagen erschienen erstmals 2000 unter dem Titel *La tiédeur* bei Presses Universitaires de France, Paris.

Typografie und Satz: Frese Werkstatt, München
Herstellung und Umschlaggestaltung: Sieveking, München
Druck und Bindung: CPI books GmbH, Leck

ISBN 978-3-95438-101-2